S0-DTH-905

¡ABRE LOS OJOS Y APRENDE!

Animales

San Diego • Detroit • New York • San Francisco • Cleveland
New Haven, Conn. • Waterville, Maine • London • Munich

For more information, contact
The Gale Group, Inc.
27500 Drake Rd.
Farmington Hills, MI 48331-3535
Or you can visit our Internet site at http://www.gale.com

Photo credits: all photos © CORBIS except pages 8, 20 © Digital Stock

LIBRARY OF CONGRESS CATALOGING-IN-PUBLICATION DATA

Nathan, Emma.
[Animals. Spanish]
Animales / by Emma Nathan.
p. cm. — (Eyeopeners series)
Summary: Introduces animals found in different parts of the world, including llamas which carry things for people in Peru and meerkats which are kept as pets by some African people.
ISBN 1-41030-018-8 (hardback : alk. paper)
1. Animals—Juvenile literature. [1. Animals. 2. Spanish language materials.] I. Title. II. Series: Nathan, Emma. Eyeopeners series. Spanish.

QL49 .N31718 2003b
590—dc21 2002152572

Printed in United States
10 9 8 7 6 5 4 3 2 1

Contenido

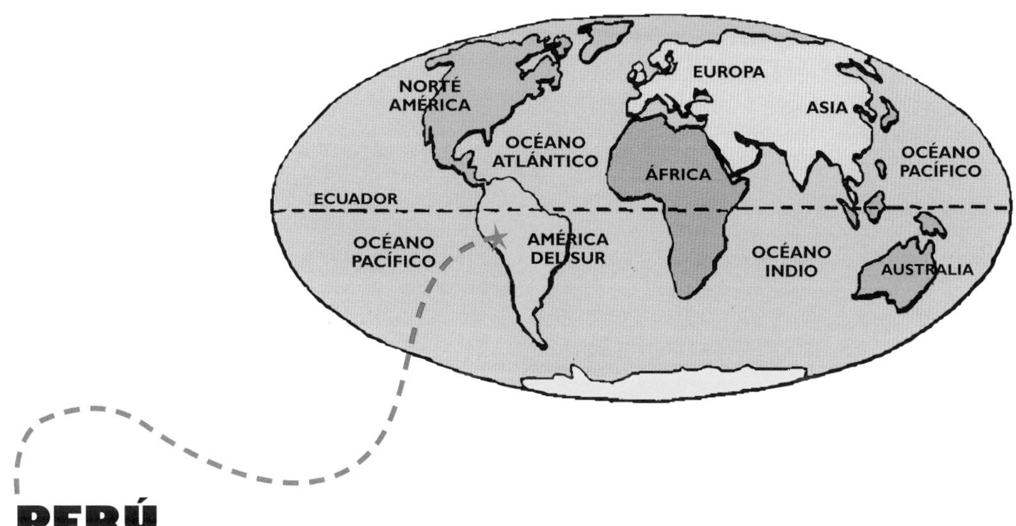

PERÚ

Perú está en el Continente Sudamericano.

Algunas de las montañas más altas del mundo atraviesan a Perú.

Las llamas son animales semejantes a camellos, que viven en Perú.

Las llamas pueden vivir a grandes alturas en las montañas.

El pueblo de Perú aprovecha las llamas para acarrear cosas. La lana de la llama se usa para ropa y mantas.

◀ **Llama**

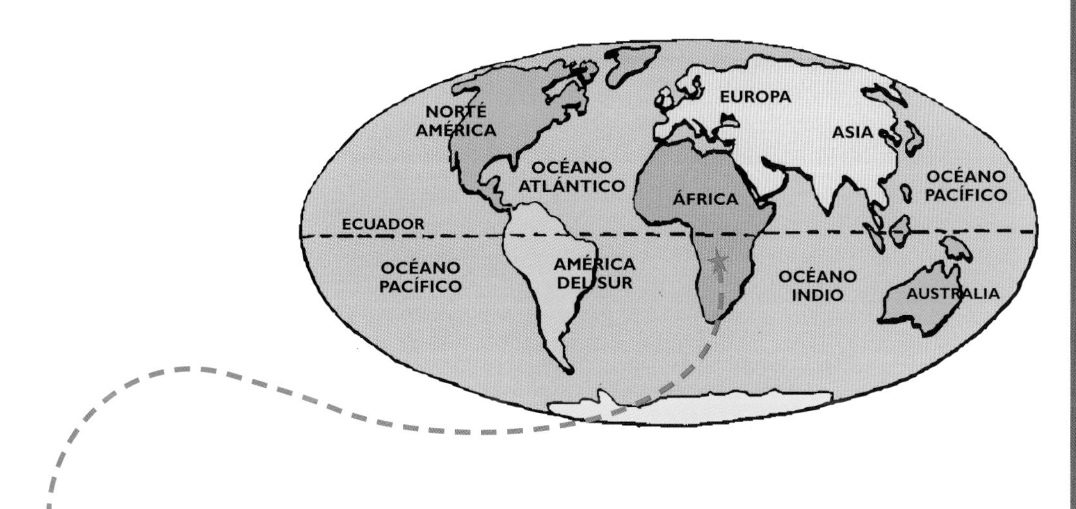

PRADERAS DE ÁFRICA

África es un gran continente.

Hay muchos países en África.

En las praderas de África viven leones.

Los leones viven en grupos llamados manadas.

Una manada puede cazar cebras, antílopes y ñus juntos en las praderas.

◀ **León macho**

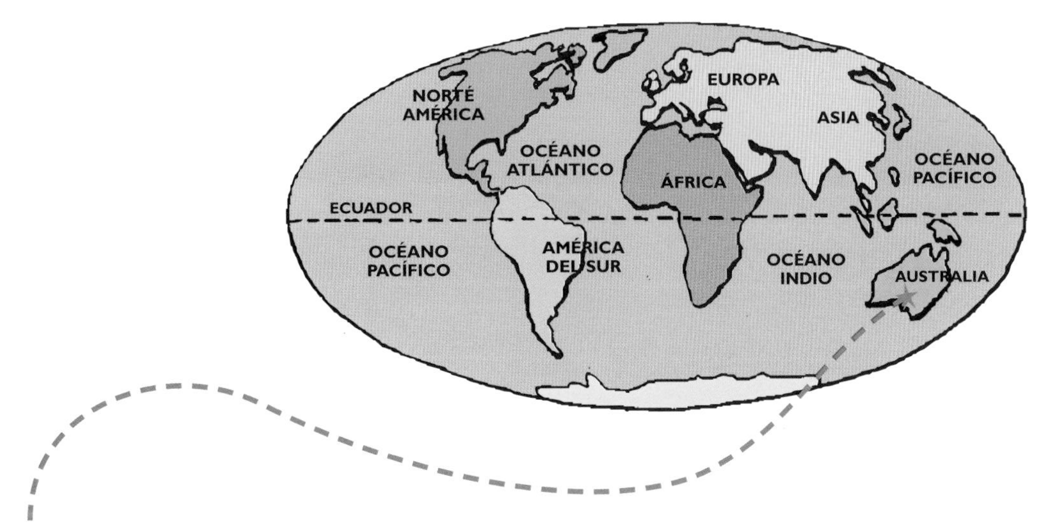

AUSTRALIA

Australia es un continente por sí sola.

Australia es como una isla gigantesca.

En Australia hay muchos animales que no viven en ningún otro sitio de la Tierra.

Los koalas viven solo en Australia.

Los koalas no comen más que hojas de eucalipto.

La mayoría de los koalas pasan todo el día y toda la noche en su árbol de eucalipto.

◂ **Koala**

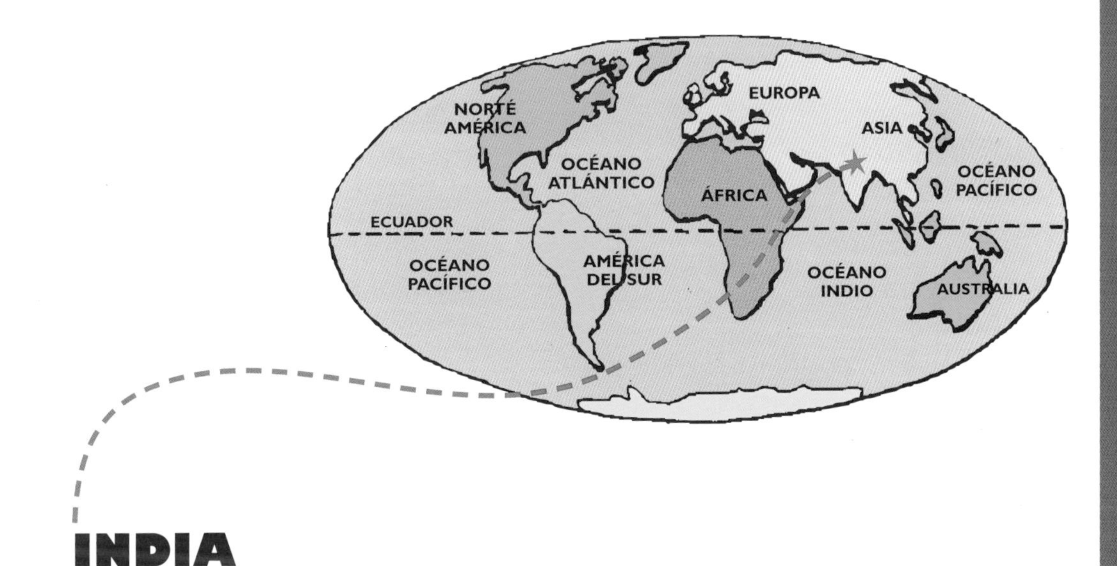

INDIA

India está en el continente de Asia.

Los tigres de Bengala se encuentran solo en la India.

Los tigres de Bengala viven en pantanos, montañas y bosques de la India.

Estos tigres comen grandes animales, como venado y cabezas de ganado.

Los tigres de Bengala son una especie en peligro de extinción.

Demasiadas personas han cazado y dado muerte a estos hermosos tigres.

◀ **Tigre de Bengala**

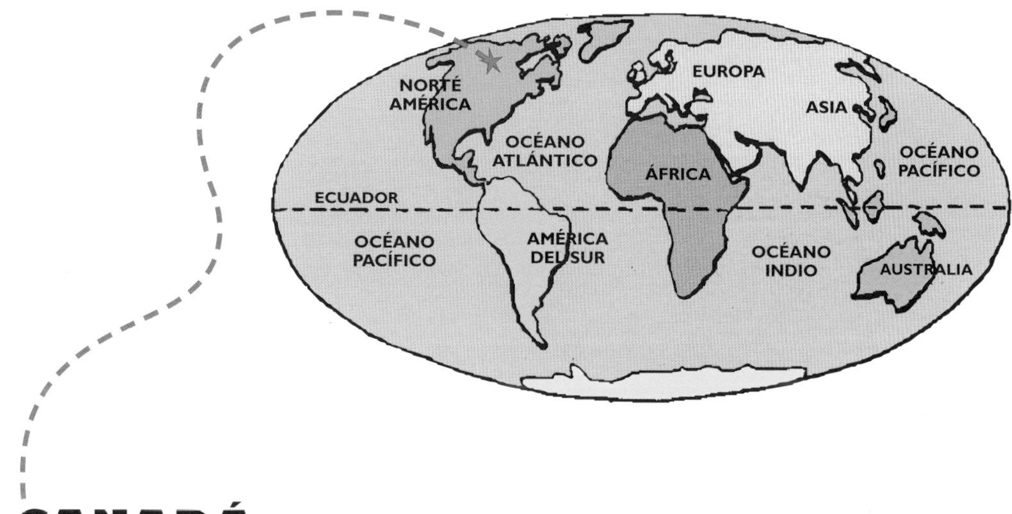

CANADÁ

Canadá es parte del Continente Norteamericano.

Canadá es un país inmenso. Tiene grandes cantidades de tierras vírgenes.

En bosques y montañas de Canadá vive el oso gris.

El oso gris come bayas, nueces, salmón y a veces alce y ante.

A estos osos les gusta andar paseando. La mayoría de los osos grises rondan entre 20 y 40 millas cada día.

◀ **Oso gris**

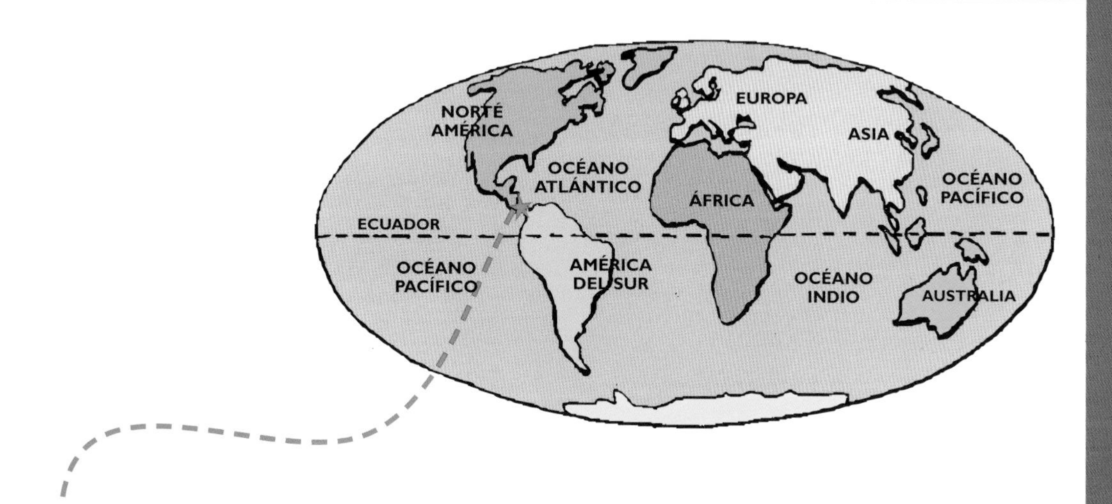

COSTA RICA

Costa Rica es parte de Centroamérica, en el Continente Norteamericano.

En Costa Rica hay muchos pantanos y bosques tropicales y selvas vírgenes.

En los bosques tropicales de Costa Rica viven ranas arbóreas de ojos rojos.

Estas ranas viven en lo alto de los árboles de bosques tropicales.

Las ranas arbóreas tienen patas pegajosas que les ayudan a aferrarse a las ramas de los árboles.

◀ **Rana arbórea de ojos rojos**

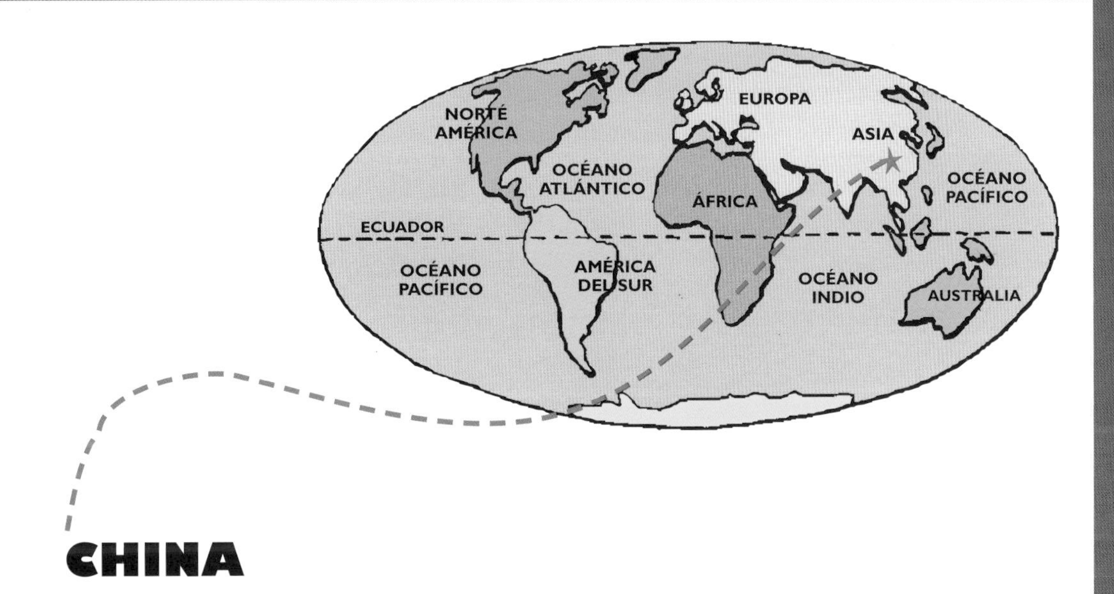

CHINA

China está en el Continente Asiático.

China es un un país inmenso con muchas montañas.

Los pandas se encuentran solo en las montañas de China central.

El panda come sobre todo bambú que crece en las montañas de China.

Los pandas están en peligro de extinción. En la actualidad, no quedan más que unos 1,000 pandas vivos.

◀ Panda

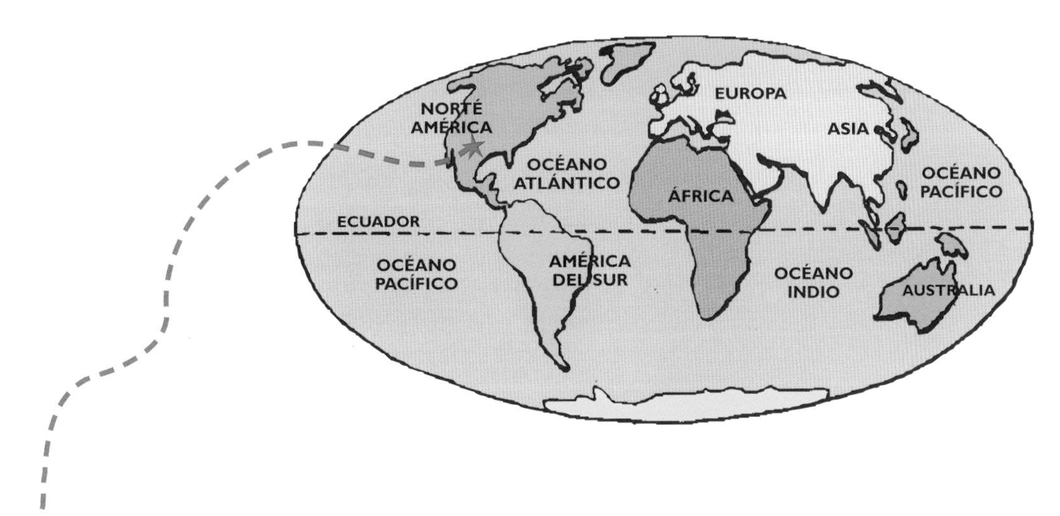

ESTADOS UNIDOS

Estados Unidos está en el Continente Norteamericano.

Muchas regiones de Estados Unidos tienen bosques y regiones arboladas.

Pueden encontrarse pavos en bosques y regiones arboladas por todo Estados Unidos.

Hay cinco clases diferentes de pavo silvestre en Estados Unidos.

Los pavos se encuentran solo en Norteamérica.

◀ **Pavo silvestre**

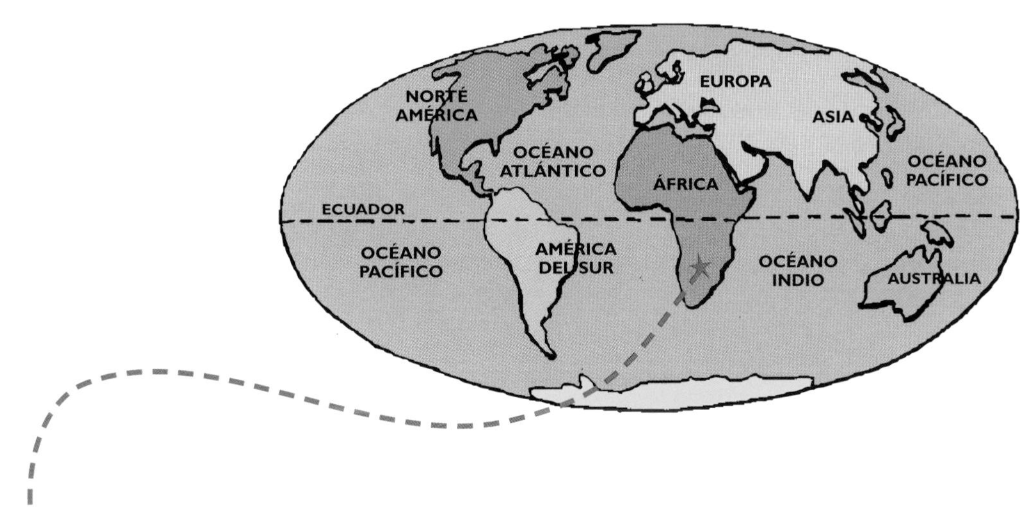

DESIERTO AFRICANO

África es un gran continente.

El desierto de Kalahari es un gran desierto en el sur de África.

En el desierto de Kalahari viven los meerkats.

Los meerkats hacen sus hogares en hoyos que excavan bajo tierra.

A los meerkats les gusta comer insectos, huevos de pájaro y fruta. También les gusta comer escorpiones.

Algunos pueblos de África guardan los meerkats como mascotas.

◂ **Meerkat**

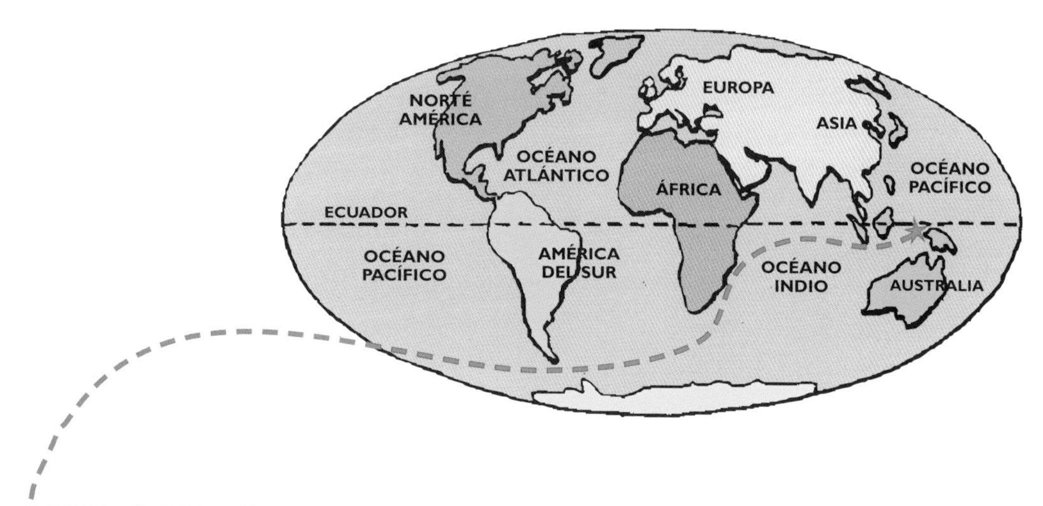

INDONESIA

Indonesia es parte de Asia.

Indonesia es un grupo de muchas islas.

Los dragones komodo se encuentran en las islas Komodo, Flores, y Rinca.

Los dragones komodo son los lagartos más grandes del mundo.

Algunos dragones komodo pueden crecer hasta medir 10 pies de longitud.

Algunos pueden pesar hasta 300 libras.

◀ **Dragón komodo**

ÍNDICE

PARA MÁS INFORMACIÓN

Direccciones de la red

Animales de la selva tropical

http://www.animalsoftherainforest.org

Zoológico de San Diego

http://www.sandiegozoo.org

Sonidos de los animales del mundo

http://www.georgetown.edu/cball/animals/animals.html

Libros

Burnie, David. *The Kingfisher Illustrated Animal Encyclopedia.* New York: Larousse, Kingfisher, Chambers, 2000.

Whitfield, Phillip (editor). *The Simon & Schuster Encyclopedia of Animals.* New York: Simon & Schuster, 1998.